LE
CÉSARISME

PAR

M. G. PAGÈS DU PORT

AVOCAT A LA COUR DE PARIS

———✳———

CAHORS
IMPRIMERIE F. PLANTADE
8, QUAI CHAMPOLLION
—
1888

LE CÉSARISME

1o LE CÉSARISME ;

2o LE CHEMIN QUI Y CONDUIT ;

3o SA NÉCESSITÉ ;

4o SA POSSIBILITÉ.

ARTICLES PARUS DANS LE *COURRIER DU LOT*

Nos DES 24 MARS, 7, 21 ET 28 AVRIL.

LE CÉSARISME

Si l'on consulte l'histoire, on y voit que chaque siècle en France a vu naître, à un moment donné, un désir puissant.

Sans remonter trop haut, on peut citer la fin du seizième siècle où, après que Henri IV eut chassé les étrangers du pays, rapproché les Catholiques et les Protestants, la France demandait à grands cris la paix et la tranquillité pour que les ateliers pussent se remplir, le commerce reprendre et l'agriculture renaître.

Si nous examinons l'état des esprits à la fin du siècle suivant, celui de Louis XIV, nous voyons que malgré toutes les gloires du règne, la fatigue de l'absolutisme se fait vivement sentir dans tous les rangs de la société, depuis la noblesse jusqu'au plus bas peuple. Un ministre même, Colbert, écrivant en 1672 au comte de Frontenac, gouverneur du Canada, ne craint pas de dire : « Il n'est pas bon que quelqu'un parle au nom de tous. »

Nous arrivons enfin au siècle de 1789, à l'effondrement de la Royauté, à la Révolution française que quelques fantaisistes comme le député Laguerre qui, plaidant dernièrement pour Rochefort, dans une affaire en diffamation, disait que l'Empire de 1852 était tombé sous les rayons brûlants de la *Lanterne* du spirituel pamphlétaire, que quelques fantaisistes, dis-je, prétendent avoir été faite par les Voltaire et les Rousseau et qui en réalité, n'a éclaté et surtout n'est arrivée jusqu'aux crimes ignobles de 1793 que grâce à la faiblesse désolante d'un roi qui a préféré être un martyr qu'un fils d'Henri IV.

Et 1789 c'était le puissant désir de la Liberté, de l'Indépendance, du droit à tout, qui se montrait terrible.

Cent ans après, à la veille de l'anniversaire de cette grande année, c'est le désir contraire qui se manifeste incontestable.

Et que les Républicains, à quelque nuance qu'ils appartiennent (et elles sont nombreuses) ne m'arrêtent pas pour s'indigner, car je pourrais immédiatement et sans chercher d'autres arguments pour prouver ce que j'avance, leur répondre que l'engouement des uns pour un général, M. Boulanger, et des autres pour un homme d'Etat dont on sait les idées autoritaires, M. Ferry, n'est autre chose que la manifestation d'un goût très prononcé pour le régime du sabre.

Comment ce fait, car c'est un fait, s'est-il produit ?

Comment en est-on arrivé à espérer et même à croire que 1789 se fêtera sous le règne de la poigne ?

En quelques lignes recherchons-le.

Depuis la chûte de Napoléon III nous vivons sous le régime prôné et désiré par les Libéraux de la Restauration de 1830 et du second Empire, par ceux qui formaient alors le parti de l'opposition.

Et cette expérience de tantôt dix-huit ans, nous a surabondamment prouvé que licence est conséquence de liberté et les Libéraux de tout à l'heure sont regardés maintenant comme de secrets et inavoués partisans des régimes déchus.

Juste et triste retour des choses d'ici-bas.

Et si ceux qui étaient les défenseurs de la Liberté, il y a trente ans et plus, ne sont plus maintenant que des arriérés pour les Opportunistes d'à présent qui, eux mêmes, sont regardés par les Radicaux comme de vulgaires réactionnaires, on ne sait vraiment qu'elle opinion républicaine on devrait au juste avoir si on voulait se jeter dans ce parti, pour être un vrai représentant de la Liberté.

Quoiqu'il en soit, nous allons aux extrêmes, ce dont se félicitent les uns, et ce que regrettent les autres.

Et cet extrême c'est l'anarchie, la division du capital — il y a des Républicains capitalistes — la suppression du nommé Dieu, ce pauvre Dieu qui faisait répondre à un bon radical qui se voyait reprocher ses violences de langage contre cet être suprème auquel il ne croyait pas : « Je n'y crois pas, mais il me gêne. »

Or le Commerçant craint la ruine de ses affaires, le Financier l'effondrement des valeurs, le Rentier le non paiement de ses coupons, l'Agriculteur la division de sa propriété, l'Industriel la grève de ses ouvriers et le Catholique l'exil de ses prêtres.

Le Sceptique lui-même craint de voir sa tranquillité troublée.

Et qu'on ne nous taxe pas d'exagération. Toutes ces craintes non ouvertement exprimées peut-être par tous, sont dans le cœur de tous.

Exceptons bien entendu ceux qui désirent voir arriver cet état de choses.

Eh bien que faut-il à tous ces hommes qui craignent et qui s'occupent beaucoup plus de leurs affaires que de la politique ? Un gouvernement fort, ayant à sa tête un homme disposé à tout faire pour assurer leur tranquillité, un gouvernement qui ne donne pas le honteux spectacle que nous a donné le ministère actuel quand on lui a demandé de museler les fauves du Conseil municipal de Paris, un gouvernement enfin qui ne permette pas qu'on puisse soupçonner la magistrature de protéger un voleur, comme on l'a soupçonnée jadis.

Et nous ne demandons pas que ce soit tel ou tel qui vienne, tyran sauveur, non. Nous demandons un homme qui, jetant par dessus bord le Parlementarisme et tout ce qui y ressemble, — l'expérience en est faite — gouverne lui-même, ne demandant des conseils qu'à des travailleurs ayant un passé d'études et de réflexions, capables d'en donner de bons et de mûris, un homme qui ait l'énergie de fermer toutes les imprimeries à journaux, mesure qui ne serait préjudiciable qu'aux marchands de papier et qui serait si utile pour une bonne administration d'abord, pour la bonne littérature ensuite, un homme, un César enfin.

Et cet homme, vous Républicains, vous l'avez désiré en Boulanger ou en Ferry.

Entre vous et nous cependant il y a cette différence que vous le voulez pour assouvir vos appétits et que nous le voulons, nous, pour réfréner les vôtres.

Nous ne nous dissimulons pas que l'avènement d'un pareil règne ne se ferait pas sans qu'on eût à regretter quelques violences et quelques injustices, mais au-dessus de l'intérêt de quelques particuliers, il y a l'intérêt général, l'intérêt de la France.

Or la France tombe, car nous appelons tomber que d'être

descendus jusqu'à un Goblet ou un Floquet, l'un dont les convictions politiques sont à la hauteur de sa personne, l'autre, homme d'esprit et excellent président, nous le reconnaissons, mais dont le passé de travail et d'étude est une garantie de nullité parfaite comme ministre et qui ne peut tirer son éclat que de la violence de ses opinions.

Et après eux, c'est la Commune.

Il y a bien des esprits généreux qui pensent que la République peut être modérée — ce bon centre gauche ! — qu'elle peut être la résultante de toutes les bonnes volontés, et ainsi devenir le vrai règne de la liberté conciliée avec l'autorité nécessaire pour réprimer les mauvaises aspirations ; ces esprits généreux, ce sont les Simon, les Ribot. Saluons-les respectueusement car ils sont des croyants et rien n'est beau comme la foi.

Mais regardez autour de vous, derrière et surtout devant vous et vous acquérerez la conviction que la France ne se relèvera qu'avec l'autorité ayant à son service une main de fer.

II

LE CHEMIN QUI Y CONDUIT

Dans un premier article, nous avons montré la France aspirant au Césarisme et, pour prouver la véracité de ce que nous avancions, nous n'avons usé que d'une argumentation très générale et très large.

Nous voudrions aujourd'hui examiner, dans les détails, les faits qui, peu à peu, ont amené le peuple français qui, atterré un moment par les malheurs de la fin de l'Empire s'était soulevé contre l'idée d'avoir un autre César, à désirer plus ardemment que jamais le régime de l'autoritarisme, le régime du sabre.

Les hommes dont l'esprit est superficiel vous montreront la France ne pouvant pas garder un gouvernement plus de vingt ans et prétendront trouver dans cette instabilité d'opinions la raison des nombreux changements de systèmes gouvernementaux que nous nous sommes offerts depuis le commencement du siècle.

Et à l'appui de leur thèse, il vous citeront le premier Empire qui n'a duré que dix ans, la Royauté de Charles X qui ne compta que six ans, le gouvernement de Louis-Philippe qui s'éteignit dans sa dix-huitième année et le second Empire qui s'écroula, lui aussi, après dix-huit ans seulement de vie.

Ils ont tort, car chaque changement de gouvernement est parfaitement explicable.

En 1816, c'est la coalition de toutes les nations de l'Europe contre un homme qui les avait toutes vaincues, qui força la France à demander aux Bourbons la paix à l'extérieur et la reprise du travail à l'intérieur.

En 1830, ce fut la peur qu'eut le peuple de retourner au système de l'absolutisme, ce fut la haine d'un homme, de Polignac, dont la présence dans les conseils fut si funeste tandis que celle de Martignac y était si utile, ce fut le souvenir du passé qui lui fit renverser Charles X.

En 1848, ce fut l'erreur que commit la Nation en croyant au libéralisme d'hommes qui n'aspiraient tous qu'à avoir la première place et qui passèrent leur temps à se la disputer pendant la révolution, ce fut cette erreur qui lui fit suivre le mouvement d'opposition au roi Louis-Philippe qui était cependant un maître bien inoffensif, ne demandant que le bien de son peuple et la tranquillité de ses sujets.

Enfin, en 1870, ce fut le coup d'escamotage dont fut victime la France au 4 Septembre, coup de passe passe fait en face de l'étranger et qui devait avoir pour conséquence de doubler les désastres de la guerre de Prusse, ce fut ce vol de la Nation qui amena la déchéance de l'Empire et l'avènement de la République.

On le voit donc, il ne faut pas accuser le peuple français d'instabilité et pour finir de le prouver nous allons montrer qu'il s'appuie sur d'excellentes raisons pour se préparer à renverser la République actuelle.

Jusqu'en 1876, quoique on frappât les pièces de monnaie à l'effigie de la Marianne, nous n'étions pas en République, ni par les hommes qui étaient dans nos Assemblées, ni par la direction donnée à la politique.

En 1873 on attendait le retour du Roi, retour qu'on avait préparé, et la République en 1875 fut votée par des hommes désabusés, désillusionnés et qui n'étaient guères républicains.

Et on se le rappelle, elle ne fut votée qu'à UNE voix de majorité.

Les gouvernants d'alors étaient des hommes modérés qui, certainement, ne voulaient pas entendre parler de Restauration Monarchique mais qui rêvaient une République ouverte à tous.

La République des Républicains, la République étroite, petite, personnelle, la République de lutte, de haine contre tout ce qui n'est pas elle, commence à M. Ferry, avec ses décrets. M. Ferry qui, malgré son immense valeur, se trompa gravement et qui voudrait maintenant pouvoir faire faire en arrière plus de pas qu'il n'en faisait alors en avant.

Depuis cet homme d'Etat, nous sommes toujours descendus dans nos hommes ministres au point de vue intellectuel et moral et nous avons toujours avancé comme idées excessives. Les noms ont succédé aux noms et à l'exception de celui de M. Freycinet, cet homme caoutchouc, prêt à tous les avancements comme à tous les reculs, c'est toujours un nom dont la signification politique est plus radicale qui a remplacé le précédent.

Et alors, peu à peu, nous sommes allés des décrets sur les Jésuites aux violences contre les Frères, des violences contre les Frères aux expulsions des Sœurs de charité et nous arrivons aux mesures de la fin contre le Clergé lui-même.

Dans les campagnes on a, peu à peu, étouffé la liberté du vote. Il y a dix ans on votait à peu près librement. Maintenant la candidature officielle s'étale victorieuse et, insensiblement, dans un régime de liberté et d'égalité, les hommes qui le soutiennent y substituent celui de l'Autoritarisme et de la Tyrannie.

Et le peuple n'y gagne que d'avoir plusieurs tyrans au lieu d'un.

Eh bien, le peuple observe beaucoup plus qu'on ne le pense toutes ces transformations.

Il sait bien qu'il n'a plus la même magistrature, les mêmes juges de paix surtout, qu'il n'a plus la même administration préfectorale, large et libérale.

Il sait que les maires ne sont plus écoutés quand ils ne sont pas de l'opinion du jour, lors même qu'ils parlent ou non des intérêts de la commune.

Et ceux même qui ne sont pas des réactionnaires disent bien haut que ce n'était pas la peine de renverser l'Empire pour faire pis que lui, qu'il s'avouait, au moins, franchement gouvernement d'autorité, gouvernement anti-libéral et que nous étions bien plus libres cependant sous son règne.

« Et surtout, ajoutent-ils, nous vendions alors nos denrées, nos bestiaux, nous étions riches, tandis que maintenant nous ne vendons rien, nous sommes pauvres. Nos pères et nos grands-pères, eux aussi, qui ont vu d'autres règnes, affirment bien que jamais ils n'ont vécu dans un pareil temps de misère. »

L'Electeur se dit tout cela.

Et il tire des conclusions.

Que va-t-il dire quand il connaîtra bien ce qu'est le nouveau ministère.

Ah ! ce ministère, examinons-le, car il est le dernier argument en faveur d'une dissolution et de l'avènement d'un César.

Ce ministère est, en effet, le dernier de cette législature. S'il résiste jusqu'aux élections de 1889, tant mieux pour la République, s'il succombe, c'est l'appel au pays et alors tant pis pour elle.

Or il ne peut durer à cause de sa composition d'abord, et ensuite on ne se figure pas bien M. Floquet recevant les représentants des nations étrangères à l'Exposition, si tant est qu'ils y viennent.

Tous les hommes politiques étant usés et aucun homme nouveau ne pouvant être mis en vedette, M. Floquet a fait comme le pauvre qui, ne trouvant que de vieilles chaussures dans son armoire et ne pouvant s'adresser chez le cordonnier d'à côté qui ne voudrait pas lui en fournir de neuves, est obligé de marcher avec des semelles usées jusqu'à la corde et des talons éculés.

Or, on ne marche pas longtemps aussi mal chaussé.

A la guerre, il est obligé de mettre M. Saulces de Freycinet, l'homme le moins militaire des civils, qui ne connaît que les batailles parlementaires et dont le courage consiste à toujours plier devant l'orage pour se redresser après, M. de Freycinet l'homme qui, beaucoup plus que Gambetta, présida à cette opération que par une antiphrase navrante on appelle : La défense nationale !

Aux affaires étrangères il place M. Goblet, cet avocassier rageur qui, toujours en colère, joignant la violence à la contradiction, a su se mettre mal avec tous ses collègues, l'homme prêt à toutes les besognes, les répugnantes surtout ! Voilà le ministre qui de par la décadence républicaine est actuellement le premier diplomate de France.

A M. de Bismark on oppose un affreux nain.

On avait M. Flourens qui s'était révélé comme un diplomate de premier ordre, qui avait fait ses preuves en plusieurs occasions délicates et difficiles.

On lui a préféré l'avorton épileptique Goblet !

Voyez-vous comme nous descendons toujours. Mais voyez aussi comme nous arrivons au fonds.

Ce ministère dont la Déclaration n'a été saluée que par *quatre* applaudissements au Sénat et qui a reçu du centre-gauche et de la droite, à la Chambre, un accueil bien plus que réservé ne vivra pas.

Une fois tombé il en viendra un autre, un ministère Ribot, Rouvier ou même peut-être Ferry, avec promesse du Président de la République de lui laisser le droit d'en appeler au pays si la Chambre commet quelque frasque trop bête, quelque incartade trop violente.

Le Pays répondra.

Et sa réponse sera : CÉSARISME ! CÉSARISME !

III

SA NÉCESSITÉ

Nous avons vu la France désirant un César, nous avons ensuite suivi le chemin qui conduit à son avènement. Nous allons aujourd'hui démontrer que le Césarisme est devenu une nécessité et dans un dernier article nous verrons que, dans le cas qui nous occupe, ce qui est nécessaire est possible.

Lorsqu'on voit dans une famille le père ou la mère mal tourner, abandonner le droit chemin pour suivre la voie du vice, on ne se considère pas comme grand prophète, en prédisant la fin de cette famille quelque grande, quelque honorée, quelque puissante qu'elle soit.

Lorsque, dans une pension, dans un collége, on voit les professeurs, les directeurs manquer des vertus professionnelles et par contre de l'autorité indispensable pour diriger des jeunes gens, on peut affirmer que cette pension, que ce collége tomberont.

Lorsque dans une société particulière, ces faits se produisent, quand la tête fléchit, c'est la chûte certaine, c'est l'effondrement, c'est l'anéantissement.

Nul ne pourrait tenir pour faux ce que nous avançons.

Et si nous montrons que la France, cette grande société, est comme cette famille, comme ce collége, nous aurons, ce nous semble, par le fait même de cette démonstration, affirmé la nécessité d'une autorité, d'un maître, d'un César.

L'autorité qui dans une famille est entre les mains du père et de la mère, qui dans un collége appartient au directeur, aux maîtres, dans un état est représentée par le gouvernement s'appuyant sur les exécuteurs de la loi, sur la magistrature.

Or, que sont devenus, depuis que nous sommes en République, et gouvernement, et magistrature ?

Prenons les faits d'hier, ils nous fournissent une réponse assez complète et assez satisfaisante pour notre démonstration.

Celui qui était encore, il y a quelques semaines, le premier magistrat de France, qui comme le disait Mᵉ Lenté, dans son admirable plaidoirie pour le gendre escroc, était « l'égal des rois, » chassé de son palais présidentiel a dû aller cacher dans son somptueux hôtel la honte que jetait sur sa tête, Wilson l'agent d'affaires véreux de l'Élysée.

La police qui ne surveille que les lieux infâmes et qui ne descend que dans les taudis, eut à descendre dans la résidence où instrumentait celui qu'on appelle le premier gendre de France et qui maintenant est le premier des gueux.

L'exemple doit venir d'en haut, dit la sagesse des nations,

— cet exemple, c'est M. Grévy, c'est le chef du gouvernement qui le donnait ou le laissait donner par le mari de sa fille. — Et, suprême décadence, il ne sut même pas s'en aller dignement. — Il fallut le soulèvement d'un peuple, la colère d'un parlement, pour qu'il se décidât à ne plus ruser, vieil avocat de correctionnelle, avec les articles du code pénal.

Voilà pour le chef suprême.

Passons à ses ministres. Ceux du moment terrible — il faut préciser — nous en avons tant vus !

Les ministres, au lieu de se dégager hautement, courageusement de cette malhonnête affaire, cherchèrent à sauver les malfaiteurs. Ils voulurent étouffer les accusations, brider la presse qui criait justice. Par tous les moyens possibles, parlementaires et non parlementaires, officieux et officiels, honnêtes et malhonnêtes, ils cherchèrent à donner le change, essayant de faire passer, sur la tête de malheureux, la colère qui souleva le cœur de tous les vrais français.

Dignes soutiens d'une cause pourrie, ils ne firent leur devoir que lorsqu'ils se sentirent eux-mêmes perdus et comprirent qu'on les accuserait de complicité s'ils n'agissaient pas.

La force les fit marcher, mais non le devoir.

Et la magistrature quel exemple donna-t-elle ?

La magistrature qui, jusqu'à nos temps troublés, dépositaire intègre et fidèle de la justice, avait mis au front de ceux qui en avaient fait partie, l'auréole de la vertu, de la dignité, poursuivit-elle les coupables ? Non.

Fut-elle la première à les faire arrêter, à les condamner, mettant au-dessus de ses intérêts particuliers l'intérêt de la morale ? Non.

Au contraire, elle tergiversa, elle usa de toutes les roue-
ries que peut permettre le code finement interprété pour
épargner les délinquants ; on vit un de ses chefs faire tous
ses efforts pour sauver le Wilson, pour ne pas le laisser aller
sur le banc de la cour d'assises. On vit une cour déclarer
qu'il n'y avait pas lieu à poursuites contre l'escroc et une autre décider que l'on devait blâmer le magistrat qui avait voulu
le faire arrêter.

Et pour ce faire, on alla chercher des raisons dites *de droit*
qui firent hausser les épaules de mépris ou de dédain à tout
jurisconsulte consciencieux.

Enfin la magistrature ne poursuivit que le jour où elle com-
prit qu'elle aussi était mise en suspicion.

Un tribunal, alors — *rara avis* — se trouva, qui, véritable
assemblée de véritables magistrats, condamna le voleur.

Mais les raisons dites *de droit* reparurent et une autre assemblée, composée d'autres magistrats, cassa le premier ju-
gement.

Et le gendre présidentiel n'a pas été à la Centrale et il
pourra continuer ses petites affaires commerciales de par la
permission de la magistrature républicaine.

Les *représentants* de l'autorité sont donc indignes de
l'exercer.

Ils doivent être chassés et remplacés par d'autres qui, eux,
remettront les choses à leur vraie place, sortiront de l'abîme
où elles roulent les forces vitales de la nation et rendront au
pouvoir l'autorité morale et matérielle qu'il n'a plus.

Et c'est le peuple, le grand peuple de France qui nous dé-
signera ces sauveurs, car s'il a quelquefois l'aveuglement des

masses, il sait bien aussi écraser ce qui est mauvais et mettre sur le trône des régnants ceux qui sont dignes de régner.

Le peuple sent qu'il faut, non des maîtres, mais un maître qui soit tout par lui-même, assez intelligent pour demander avis et conseils, mais assez autorisé pour ne pas les suivre s'il les juge mauvais, qui, enfin, ne soit pas affligé de cette plaie qui a nom parlementarisme, ce parlementarisme qui n'est autre chose que la mise en action du dicton : « Parler pour ne rien dire », le parlementarisme, système qui pour un capable donne vingt imbéciles.

Voilà ce que sent le peuple et voilà pourquoi, lorsqu'on sera forcé de lui demander son avis, il répondra, devant l'agitation de tous les jours, devant les instabilités ministérielles, devant la misère, effet de notre gouvernement, devant l'abaissement continuel de l'autorité, devant l'effondrement de tout ce qui est grandeur, honnêteté, élévation, Césarisme ! Césarisme !

IV

SA POSSIBILITÉ

——————

Ce qui est nécessaire n'est pas toujours possible. Voilà une vérité qui a tous les caractères de l'évidence.

Il est, par exemple, nécessaire de manger pour vivre et cependant, sous le temps de misère que nous donne la République, de pauvres diables n'ont souvent pas la possibilité de manger du pain ni celle de travailler pour en acheter, et meurent de faim.

Tout ceci pour justifier notre titre : Le *Césarisme,* sa possibilité.

Il semblerait, après tout ce que nous connaissons de l'état de la France, que le renvoi des gouvernants actuels et que l'avènement d'un autre régime devraient être chose facile à obtenir et qu'on pourrait parler non de simple possibilité mais d'assurance certaine.

Il n'en est cependant pas ainsi et la délivrance si ardemment désirée par la grande majorité des Français n'arrivera que si cette majorité veut bien se donner la peine de la faire arriver, que si ses chefs surtout veulent bien travailler à l'amener.

La possibilité existe..... Aux Conservateurs de la rendre certitude.

Et cela leur est bien facile..... Mais.....

Ah ! Il y a un MAIS, il y en a même plusieurs.

MAIS tous les Conservateurs ne s'entendent pas sur celui ou ceux qui devront régner sur la France.

Les uns veulent le Prince Jérôme, d'autres le Prince Victor, ceux-ci désirent le Comte de Paris, ceux-là une République modérée respectant toutes les convictions.

MAIS pour renverser ce que nous avons, il faudrait se jeter dans la lutte, faire des conférences, fonder des journaux, donner de sa bourse et de sa peine, de son corps et de son intelligence.

Et cela, c'est bon pour les politiqueurs ! Voter, très bien, et encore si on n'a pas à faire autre chose le jour des élections !

MAIS il y a les ambitions personnelles, il y a les candidats qui ne veulent pas s'effacer devant d'autres candidats. N'eussions-nous, s'écrient-ils, que quinze cent voix sur soixante mille électeurs, nous n'abandonnerons pas notre drapeau !

Et tous ces MAIS font la force de nos adversaires qui, eux, ne les connaissent pas, eux qui se réconcilient toujours à l'heure du scrutin, après s'être souvent rossés et traités de canaille et de gredin, quelques jours avant.

Et voilà pourquoi ils sont toujours vainqueurs, et voilà pourquoi, tant que nous ne changerons pas notre manière d'agir, tant que nous n'aurons pas supprimé les MAIS, nous serons battus malgré le puissant désir que nous avons d'être les maîtres.

Quatre personnes qui se tiennent sont plus fortes que dix éparpillées.

Le Pays ne demande qu'à suivre les Conservateurs mais si on lui donne l'exemple de la désunion, il ira à ceux qu'il verra unis.

C'est fatal. Et ce sera toujours comme cela. Il y a donc trois MAIS causes de nos défaites passées, présentes et futures.

Voyons s'il n'y aurait pas moyen de les anéantir. C'est là le problème de la possibilité du Césarisme.

Résolu, la possibilité devient une certitude.

Eh bien, il est un terrain sur lequel tous pourraient s'entendre.

Que tous demandent ou acceptent l'appel au pays et voilà, par le fait même, toutes les difficultés levées.

Il est en effet indiscutable qu'aucun gouvernement, quel qu'il soit, ne pourra régner sans l'assentiment du peuple, et ce serait folie dangereuse que de vouloir le considérer comme quantité négligeable.

Il faut donc lui demander son avis et s'incliner devant sa décision.

Alors, plus de tiraillements pour savoir quel Prince régnera, plus de froissements dans les convictions politiques, dans les préférences personnelles, plus de craintes d'inertie de la part des Conservateurs puisqu'ils consentiront à en appeler à la France, plus de discussions entre les candidats puisqu'il n'y aura qu'un seul et unique programme !

Et cette consultation de la Nation, tous les partis la peuvent accepter !

Les Monarchistes ne peuvent la refuser puisque leur chef, Monseigneur le Comte de Paris, l'a officiellement admise dans son Manifeste, les Bonapartistes l'ont toujours désirée, les Républicains ne la peuvent rejeter puisque le suffrage universel est leur principe.

C'est aux représentants des divers partis à prouver au peuple que le système qu'ils patronnent est le meilleur et surtout celui qui sera le plus fort pour résister aux oppositions et remonter le courant que nous descendons depuis dix ans.

M. Hervé, considérant le Césarisme dans le sens étroit du mot, c'est-à-dire comme synonyme de Bonapartisme ou de Boulangisme et non comme nous, d'une façon large, c'est-à-dire comme la vivante et pratique expression de l'autorité, dit dans le numéro du *Soleil* de mercredi dernier :

« Si légitime que soit la réaction qui se produit aujour-
» d'hui en faveur du principe d'autorité, il ne faut pas que
» cette réaction aille trop loin. La liberté a ses droits, qui
» seront mieux respectés par un roi constitutionnel que par
» un chef militaire.

» La République a compromis les institutions libres, le
» Césarisme les detruirait. La Monarchie les sauvera en les
» transformant. »

Cette opinion laisse une porte ouverte à la Liberté et, par cette porte, nous croyons bien que passerait la licence et nous pensons que ce qu'il faut promettre au peuple, c'est un gouvernement puissant, prêt à briser tout ce qui lui paraîtrait capable de l'ébranler.

Et le peuple acclamera ceux qu'il saura vouloir cette sévérité. Il n'a jamais été pour les demi-mesures. Or la théorie de M. Hervé est une demi-mesure.

Au reste, tous les prétendants l'ont, croyons-nous, compris et celui qui a parlé le dernier, le dernier en date, Monseigneur le Comte de Paris, dans ses derniers entretiens avec ses fidèles, a vivement fait comprendre qu'il était prêt, si le verdict populaire le favorisait, à agir avec pleine mesure.

Et ne confondons pas ici, Césarisme avec dictature — les deux systèmes ne se ressemblent en rien. — La dictature ne repose sur rien de solide ni de légitime. Le Césarisme lui, est l'Autorité reposant sur un assentiment donné à son existence.

Mais en dehors de cette consultation du pays, de cet appel à la nation, -- nous n'osons pas dire Appel au peuple, car il est entendu, pour certaines personnes qui se feraient plutôt tuer que de reconnaître quelque chose de bon dans un parti adverse, que si l'on se sert de cette expression on est Bonapartiste, ce qui, au reste, est faux, — nous ne croyons pas qu'il soit d'autre moyen de sortir de la pénible et triste situation où dépérit de jour en jour la France.

C'est là que seront forcés d'en arriver ceux même qui le désirent le moins, ceux qui craignent que le peuple ne leur enlève de la bouche la pâtée qui les engraisse depuis si longtemps.

Ils y seront forcés car ils comprendront que la nation pourrait bien ne pas attendre qu'on la consulte et donner d'elle-même et brutalement son avis.

Et quand ce grand jour sera arrivé, le jour qui verra naître le relèvement de la Patrie, de notre beau pays, celui qui sera alors notre maître devra avant d'aller se reposer dans son lit royal ou impérial, regardant par la pensée tout son merveilleux empire, et pensant au devoir qui lui incombera, murmurer tout bas :

CESAR ERO !

G. PAGÈS DU PORT.

366

www.ingramcontent.com/pod-product-compliance
Lightning Source LLC
Chambersburg PA
CBHW061633180626
46818CB00005B/2357